THOMAS
LE PETIT TRAIN
™

Thomas se fait prendre

Thomas the Tank Engine & Friends™

CRÉÉ PAR BRITT ALLCROFT

D'après « The Railway Series » du Révérend W. Awdry.
© 2012 Gullane (Thomas) Limited.

Thomas the Tank Engine & Friends sont des marques de commerce de Gullane (Thomas) Limited
Thomas the Tank Engine & Friend & Design est une marque déposée auprès du U.S. Pat. & Tm. Off
HIT et le logo HIT Entertainment sont des marques déposées de HIT Entertainment Limited.

www.thomasandfriends.com

2012 Produit et publié par Éditions Phidal
5740, rue Ferrier, Montréal (Québec) Canada H4P
Tous droits réservés

Traduction : Céline Turcotte

Imprimé en Malaisie

Nous reconnaissons l'aide financière du gouvernement du Canada par l'entremise du Fonds du livre du Canada pour
nos activités d'édition. Phidal bénéficie de l'appui financier de la Société de développement des entreprises culturelles (SODEC).
Gouvernement du Québec – Programme de crédit d'impôt pour l'édition de livres – Gestion SODEC.

D1247364

Thomas était une locomotive à vapeur habitant une grande gare sur l'île de Chicalor.

C'était une petite locomotive, avec six petites roues, une petite chaudière, une toute petite cheminée et un tout petit dôme.

C'était aussi une locomotive très occupée. Elle tirait sans cesse des wagons prêts à se faire emporter par les grosses locomotives pour de longs voyages. Lorsque les trains arrivaient, elle s'occupait des wagons vides pour permettre aux grosses locomotives de se reposer.

Thomas était convaincu qu'aucune autre locomotive ne travaillait autant que lui. Il adorait leur jouer des tours. Il adorait aussi jouer des tours à Gordon, la plus grosse et la plus fière de toutes les locomotives. Thomas aimait l'agacer avec son sifflet.

— Réveille-toi, fainéant ! Pourquoi ne travailles-tu pas autant que moi ?

Un jour, après avoir tiré l'Express, Gordon arriva à la voie
très fatigué. Alors qu'il était sur le point de s'endormir, Thomas vint
lui dire d'un ton moqueur :

— Réveille-toi, fainéant ! Travaille fort, pour une fois.
Tu ne peux pas m'attraper !

Et il s'enfuit en riant.

Au lieu de s'endormir, Gordon chercha une façon de rendre la
monnaie de sa pièce à Thomas.

Un matin, Thomas ne se réveilla pas. Son conducteur et le pompier n'arrivaient pas à le faire démarrer. Le feu s'était éteint et il n'y avait pas assez de vapeur. C'était presque l'heure de l'Express. Les gens attendaient, mais les wagons n'étaient pas prêts.

Finalement, Thomas démarra.

— Oh là là… dit-il entre deux bâillements.

Il arriva à la gare, où attendait Gordon.

— Dépêche-toi, dit Gordon.

— Dépêche-toi aussi, rétorqua Thomas.

Gordon, qui était très fier, commença à concocter un plan pour donner une leçon à Thomas. Juste avant que les wagons arrêtent de bouger, Gordon se mit à reculer pour être attelé au train.

— Vite, montez ! siffla-t-il.

En général, Thomas poussait derrière les gros trains pour les aider à partir, mais on le détachait toujours d'abord.

Cette fois, Gordon partit si vite que Thomas n'eut pas le temps d'être détaché. C'était la chance de Gordon !

— Allez, allez, souffla Gordon, encourageant les wagons.

Le train allait de plus en plus vite, trop vite pour Thomas.
Il voulut s'arrêter, mais il n'en était pas capable !

— Arrête ! Arrête !

— Dépêche-toi, dépêche-toi ! s'amusait Gordon.

— Tu ne peux pas t'enfuir, renchérissaient les wagons.

Thomas alla plus vite qu'il n'avait jamais été. Il était à bout de
souffle et ses roues lui faisaient mal, mais il devait continuer.

« Je ne serai jamais plus pareil », pensa-t-il tristement.
« Mes roues vont être usées. »

Finalement, ils s'arrêtèrent à la gare. Thomas était détaché. Il se sentait épuisé et enfantin.

Ensuite, il se rendit à la plaque tournante, imaginant que tout le monde riait de lui. Il s'engagea sur une voie pour s'éloigner.

— Eh bien, Thomas ! s'exclama Gordon. Tu sais maintenant ce que c'est que le vrai travail, n'est-ce pas ?

Le pauvre Thomas ne put même pas répondre. Il était à court de souffle. Il s'éloigna lentement pour se reposer et boire.

« Je ne devrais peut-être pas me moquer de Gordon pour me sentir important », pensa Thomas.

Puis, il rentra lentement à la maison.

Il était une fois une locomotive attelée à un train, qui avait peur de quelques gouttes de pluie. Elle entra dans un tunnel, grinça en arrêtant et refusa de sortir.

Cette locomotive se nommait Henry. Son conducteur et le pompier tentaient de la convaincre de sortir, mais elle ne bougeait pas.

— La pluie va ruiner ma belle peinture verte et mes rayures rouges, protestait-elle.

Le chef de train siffla de tout son souffle et il agita son drapeau jusqu'à ce qu'il ait mal aux bras. Malgré tout, Henry restait dans le tunnel et lui envoyait de la vapeur.

— Je ne laisserai pas la pluie abîmer ma belle peinture verte et mes rayures rouges.

Puis, Sir Topham Hatt arriva. C'est lui qui était en charge de toutes les locomotives de l'île de Chicalor.

— On va te tirer pour te sortir, expliqua-t-il, mais Henry lui envoya de la vapeur.

Tous tirèrent, sauf Sir Topham Hatt.

— C'est parce que, expliqua-t-il, mon médecin ne veut pas que je tire.

Cependant, Henry resta dans le tunnel. Ils essayèrent ensuite de le pousser à l'autre bout. Sir Topham Hatt dit :

— Un, deux, trois, on pousse !

Mais il n'aida pas.

— Mon médecin ne veut pas que je pousse, expliqua-t-il encore.

Ils poussèrent, et poussèrent, et poussèrent. Néanmoins, Henry restait dans le tunnel.

Finalement, Thomas arriva. Le chef de train agita son drapeau rouge pour qu'il s'arrête.

Tout le monde essayait de convaincre Henry.

— Regarde, il ne pleut plus !

— Oui, mais ça recommencera bientôt, disait Henry. Et qu'est-ce qui arrivera à ma peinture verte et à mes rayures rouges ?

Thomas souffla et poussa comme jamais il n'avait poussé avant.

Mais, Henry restait dans le tunnel.

Sir Topham Hatt abandonna.

— On va devoir enlever les rails et te laisser ici jusqu'à ce que tu décides de sortir, décida-t-il.

Ils enlevèrent les vieux rails et construisirent un mur devant Henry pour éviter que les autres locomotives l'accrochent. Henry ne pouvait que regarder les autres trains passer à toute vitesse dans l'autre tunnel. Il était triste parce qu'il était convaincu que personne ne verrait jamais plus sa belle peinture verte et ses rayures rouges.

Édouard et Gordon passèrent souvent.

— Bip bip ! Bonjour ! dit Édouard.

— Poup, poup, poup, bien fait pour toi ! renchérit Gordon.

Le pauvre Henry n'avait plus de vapeur pour répondre. Son feu s'était éteint. La suie et la poussière du tunnel avaient ruiné sa belle peinture verte et ses rayures rouges.

Combien de temps Henry allait-il encore rester dans le tunnel avant de surmonter sa peur et affronter la pluie afin de voyager à nouveau ?

C'était toujours Gordon qui tirait l'Express. Il était fier d'être la seule locomotive assez forte pour le faire. Beaucoup de gens importants prenaient l'Express, dont Sir Topham Hatt. Gordon tenta de voir quelle vitesse il pouvait atteindre.

— On se dépêche, on se dépêche, répéta-t-il.

Les wagons chantonnaient en chœur derrière lui.

Bientôt, Gordon allait arriver au tunnel où Henry était enfermé, seul.

— Oh, là… pensa Henry. Pourquoi ai-je eu peur que la pluie ruine ma belle peinture ? J'aimerais bien sortir du tunnel…

Cependant, Henry ne savait pas comment le demander.

— Je vais siffler quand je verrai Henry, dit Gordon.

Il était presque arrivé quand un nuage de vapeur apparut et qu'il se mit à ralentir et ralentir. Son conducteur arrêta le train.

— Qu'est-ce qui m'arrive ? demanda Gordon. Je me sens si faible.

— Ta soupape de sécurité a explosé, expliqua le conducteur. Tu ne peux plus tirer le train.

— Oh, pourtant ça allait si bien ! Et Henry est juste là. Il se moque de moi, dit Gordon.

Tout le monde vint voir Gordon.

— Pffft, s'exclama Sir Topham Hatt. J'ai toujours des problèmes avec les grosses locomotives. Faites-en venir une autre tout de suite.

Le chef de train partit à la recherche d'une autre locomotive. Pendant ce temps, les autres détachèrent Gordon, qui avait juste assez de vapeur pour se ranger sur les rails secondaires.

Édouard était la seule locomotive disponible.

— Je vais essayer, affirma-t-il.

— Ça ne sert à rien. Édouard ne sera pas capable de pousser le train, protesta Gordon.

Édouard poussa et souffla et il souffla et il poussa, mais il n'arrivait pas à faire bouger les lourds wagons.

— Je vous l'avais dit, affirma Gordon. On devrait laisser Henry essayer.

— Oui, renchérit Sir Topham Hatt. C'est ce que je vais faire. Est-ce que tu vas nous aider à tirer ce train, Henry ?

— Bien sûr, répondit Henry.

Lorsqu'il eut suffisamment de vapeur, Henry sortit du tunnel.
Il était sale et couvert de toiles d'araignées.

— Je me sens tellement endolori, grogna-t-il.

— Va te dégourdir un peu. Trouve une plaque tournante et
reviens, lui demanda Sir Topham Hatt.

Lorsqu'il revint, Henry se sentait beaucoup mieux.
Ils l'attelèrent à l'Express.

— Voilà ! s'exclama Édouard. Je suis prêt !

— Parfait, renchérit Henry. Moi aussi !

— Tirons ensemble. On va y arriver, soufflèrent-ils.

— On a réussi ensemble ! s'exclamèrent-ils.

— Vous avez réussi, vous avez réussi, chantaient les wagons.

Tout le monde était content. Sir Topham Hatt se pencha par la fenêtre pour faire signe à Édouard et à Henry, mais ils allaient si vite que son chapeau s'envola jusque dans un champ, où il se fit grignoter par une chèvre.

Ils n'arrêtèrent pas avant d'arriver à la gare.

Tous les passagers remercièrent les locomotives. Sir Topham Hatt promit une nouvelle couche de peinture à Henry.

En rentrant, Henry et Édouard aidèrent Gordon à retourner au hangar.

Tous les trois étaient maintenant de très bons amis.

La pluie n'inquiétait plus Henry. Il savait maintenant que la meilleure façon de conserver sa belle peinture n'était pas de rester dans des tunnels, mais bien de demander à son conducteur de le laver après une dure journée de labeur.